Eine wie Hardy Harding

Mein Dank gilt all den Freundinnen, die mir beim Zustandekommen dieses Büchleins geholfen haben. Vor allem aber dem Uli Maurer, der die technische Umsetzung erst möglich gemacht hat.

Hildegard Schaufelberger

Eine wie Hardy Harding

Bibliografische Information der Deutschen Nationalbibliothek:
Die Deutsche Nationalbibliothek verzeichnet diese Publikation
in der Deutschen Nationalbibliografie; detaillierte
bibliografische
Daten sind im Internet über http://dnb.dnb.de abrufbar.

© 2020 Hildegard Schaufelberger
Satz, Umschlaggestaltung, Herstellung und Verlag:
BoD – Books on Demand, Norderstedt

ISBN: 978-3-7519-8704-2

Inhaltsverzeichnis

Zum Beispiel Hardy Harding

Satt. Rülps. Aber der Teller ist noch nicht leer. Noch ein halbes Schnitzel drauf, ein paar Fritten. Und Rosenkohl, der Ungeliebte. Macht nix. Der Student Hardy Harding sitzt in der Mensa. Da gibt es ein Band, dort kann man auch die halbvollen Teller noch draufstellen. Die wandern dann – ja wohin? Wahrscheinlich in den Abfall. Warum muss man eigentlich genormte Portionen bekommen? Warum nicht eine zweite Wahl für Wenigesser?

Es gibt Leute, die haben dafür eine Lösung gefunden. Hungrige. Die stehen an jenem Band bereit und holen sich die Reste. Gut so. So stehts in der Badischen Zeitung: Resteverwertung in einer Überflussgesellschaft. Doch da gibt es den Geschäftsführer, der haftet. Der hat rechtliche Bedenken. Mahnt Hygiene an. Und stellt schließlich Trennwände auf, um dieses »Bändern« zu verhindern. Wenn das Schule machen würde! Doch die Hungrigen pinnen Schilder dran: »Die Mauer muss weg«. Wollen die Verantwortung für etwaige gesundheitliche Folgen selbst übernehmen. Nein, Diebstahl sei das nicht, das Schnitzel sei ja in diesem Moment herrenlos. Sie wollen gar auf ihrer Facebookseite das Phänomen »Bänderia« deutschlandweit verbreiten. Und schon sind die Aktiven und die Ideologen auf dem Plan. Das »Bändern« bekommt politisches Gewicht.

Hardy sitzt immer noch in der Freiburger Mensa – wo dies alles begann – und macht sich Gedanken über das, was man hier und heute alles übrig hat. Wie es wäre, wenn man das einfach auf ein Band legen könnte für andere, die das noch zu nutzen wissen. Da fallen ihm zuerst die abgelegten Kleider ein und wie der Kommerz längst dabei ist, diese Idee kaputtzumachen. In seinem Kopf spinnt es weiter: Wohin irgendwann einmal mit den ungewollten Babys? Warum nicht aufs Band? Der Andrang wäre weltweit riesengroß und keines bliebe übrig. Ganz ohne Vertrag, ohne irgendwelche rechtlichen oder hygienischen Bedenken, einfach so.

Und wo er schon einmal am Spinnen ist, kommen ihm auch noch die ausgemusterten Ehepartner in den Sinn. Aufs Band gelegt, fänden sich ganz bestimmt noch hungrige Herzen, die sich an dem Einen oder der Anderen entzückten. Trennwände erübrigten sich, und für Hygiene garantierte die Ausstattung mit einem Zertifikat.

Science Fiction. Hardy Harding starrt auf seinen Rosenkohl. Für heute jedenfalls isst er seinen Teller einmal leer.

Impression mit Blaulicht

Februar früh
eine Glocke und noch eine
mehrere.
Ein Missklang übertönt den Akkord:

Blaulichter jagen heulend über die Ampeln

Vorm blanken Licht des Bäckerladens Eisregen
innen tuscheln unausgeschlafene Jobberinnen
von ihren Nachtgeschichtchen
im Dunst warmer Brote

Zwei Grauköpfe stolpern einander entgegen
über zusammengeschabten Schneehaufen
im Redehauch kreuzen sich Worte wie
ALLES ZUM KOTZEN

Blaulichter jagen heulend

In den Straßenbahnen kleine Bildschirme
mit Quiz und Sequenzen zum Muntermachen
durchnässte Plakate zeigen Parteiparolen
Betrunkene wanken lallend

Blaulichter jagen

Kranken strömt Linderung zu
die Nacht ist vorbei
tief in der Erinnerung kräht ihnen ein Hahn

wecken Mütter zur Schule

Ein Tag wächst heran
ein Jahr
lang schon
wächst
Ewigkeit

Spontanität will gut überlegt sein.

O-Ton Hardy

Westen

Einige von uns haben Wölfe gesichtet. Die trugen noch die Mär der Alten in den Gebeinen. Die Mär von weitem Lebensraum, die Mär vom Großen Fressen. Trugen sie in unsere Städte. Sie alle hätten Blaue Westen angehabt. War zu hören.

Irgendwann wurde es auch den Germanen zu eng in ihrem Land. Und sie polterten gen Süden, in das verheißene Römische Reich. Mit Kind und Kegel. Und mit Blauen Westen angetan.

Und dann später die Schwaben. Sie erlagen den Flötentönen der Werber und machten sich auf in Blauen Westen. Siedelten in den Ostgebieten und gaben neuen Orten heimatliche Namen. Dennoch wurden sie eines fernen Jahres vertrieben und kehrten in langen Trecks als Flüchtlinge zurück.

Die Taufliegen hatten sich über den Sommer mächtig vermehrt. Nach der ersten Frostnacht drangen sie dann durch alle Ritzen in die Küchen ein und machten sich dort über die verplemperten Zuckertröpfchen her. Forscher nahmen an ihnen unter dem Mikroskop winzige Blaue Westen wahr. Die Blauen Westen der Hoffnung.

Jetzt aber ist eine Zeit gekommen, da haben sie die Blauen Westen satt und ziehen die Gelben Westen an. Heben in den Städten und auf dem Land Steine auf und schmeißen sie gegen die, die glauben eine Weiße Weste zu haben. Sie schälen sich in den Ländern Afrikas und Amerikas aus den Lumpen von Hunger, Unterdrückung und Krieg und strömen nach Norden. In Schlauchbooten über das Meer, mit Kindern huckepack über endlose staubige Landstraßen. Bis hin zu den Grenzen. Dort hat man ihnen eine Mauer gebaut, Elektrozäune. Eine Mauer aus Angst. Aus Ideologien. Zeitungen berichten davon.

Eines fernen Tages, viel später aber irgendwann, da werden sie aus einem erschöpften Europa in ein genesendes Afrika schippern. Nicht in der verlogenen Unschuld Weißer Westen. Nicht in der Revolution der Gelben. Dann sollten sie die Blauen Westen tragen.

Weltseele

Hardys Seminararbeit
»Von Platon über Hegel bis zu
Teilhard de Chardin«

Vor ein Schaufenster geraten

Ich bin doch tatsächlich stehengeblieben. Ausgerechnet vor der Fensterscheibe mit Wäsche. Ich stehe also und schaue. Und höre. Denn da ist etwas Erstaunliches: Hinter der Wäsche ist nämlich eine Stimme wahrzunehmen, sozusagen auf zweiter Ebene. Etwa so:

Bei der Reizwäsche:
Hallo Schicksal, ich wär dann so weit

Bei den Outdoor-Herrenjacken:
Eigentlich wollte ich die Welt retten aber es regnet

Bei den Bikinis und Badeanzügen:
Man muss mit allem rechnen
auch mit dem Guten

Bei den Herrenunterhosen:
Da man sowieso denkt
kann man auch gleich positiv denken

Bei den Schlafanzügen:
Greif zu den Sternen

Bei den Büstenhaltern:
Mach die Augen zu – und tanze

In der Psychologie nennt man das Meta-Sprache.

Und wie ich da stehe und schaue und höre
frage ich mich beklommen:
Diese Strumpfhose da vorne links
was fällt der wohl zu mir ein?

blödeln

da kam von Treuenbrietzen
ein junger Mann daher
der wollte so gerne Sabinchen besietzen
siezen
blietzen
pieksen
Lehrer strietzen
aus allen Rietzen
da vergeht uns das Gieksen
und das Blut tat hoch auf spritzen
in Treuenbritzen

Soweit Sabinchens Moritat
zum Leutespaß
zum Kinderspaß
Treuenbrietzen
ein Ort irgendwo
nirgendwo
zum Leutespaß
zum Kinderspaß

Meldung Samstag 25. August 2018
Waldbrände in Treuenbrietzen
südöstlich von Berlin
nanu?
also doch kein Ort im Irgendwo
wie doch das Leben so spielt

In der Moritat stand am Ende der Schumacheehr

bei Sabinchens Gemetzel
rum und herum.
Bei den Waldbränden in Treuenbrietzen
südöstlich von Berlin
taten das die Leute auch
rum und herumstehen

Wie wahr doch die alten Geschichten
wie wahr

*In einem gesunden Apfel ist
eben auch der Wurm gesund.*

Von Hardys Liebling Mathias Richling

Oh, là,là

Stur. Anders kann man die Kleine nicht beschreiben, wie sie an jenem Morgen, während das Deutsche Reich in Trümmer ging, über einen Checkpoint stolperte. Gestern war der noch nicht da gewesen. Aber das war ihr egal. Sie hatte Tag für Tag im nächstgelegenen Bauernhof Milch zu holen für ihre kleinen Geschwister. Warum nicht auch heute? Denn da war nun plötzlich eine Kontrollstelle zwischen ihrer bereits eroberten Stadt und dem noch umkämpften Vorort. Mit dieser neuen Situation kam sie nicht zurecht. Nahm nur die Soldaten wahr, diese Amis. Staunend. Denn solche Männer gab es in ihrer zerstörten Welt nicht mehr. Groß und kräftig gebaut, gutmütig, lärmend und satt. Sie winkten die Kleine mit ihrer Milchkanne durch.

Diese Kleine, das war ich, an der Schwelle der Kindheit. Solche Männer! Immer wieder musste ich zu ihnen hinschauen. Fasziniert. Denn da nahm ich mit einem neuen, aufgewachten Blick etwas Erstaunliches an ihnen wahr: Die hatten einen Hintern, wie mir noch nie einer vorgekommen war. Mensch Meier! Später erst erfuhr ich, der käme von den Hosen, die ihn so erotisch formten. Kein Wunder, dass Bluejeans bald die ganze Welt erobern sollten.

Daheim nannte man diesen Körperteil Popo, wenn man denn überhaupt von ihm sprach. Eher schon interessant für uns war seine Vorderseite, die Mutter vor uns Mädchen in pädagogischer Verharmlosung »Popöchen« nannte. So, als wäre dies bloß ein kleiner Verwandter seines gewaltigen Nachbarn. Der Gynäkologe viel später dann nannte den Hintern einfach Po. Offensichtlich zur Entsexualisierung, obwohl doch die Spannkraft dieser Körpergegend eigentlich sein Job war.

Längst weiß ich, dass ein Hintern irgendwie mit dem Gesicht korrespondiert. Ja, so etwas wie ein Aushängeschild seines Trägers oder seiner Trägerin ist. Mit kundigem Auge erkenne ich inzwischen in einem knackigen Arsch die Neugierigen, die Draufgänger. In der gepflegten Nachlässigkeit die Geistesmenschen. Und in ihren Schlabberhosen die alten Männer mit ihrem erloschenen Blick. Die Straßenbahn ist für mich zu meinem Laufsteg geworden. Sie ist mein erotischer Nebenerwerb.

Unwort

Ich entsorge den Müll – bravo
zum Verfallsdatum – meinetwegen.
Entsorgen, das bedeutet sich einer Sorge entledigen.

Ich entsorge die Barbarazweige
sie haben eh nicht zu Weihnachten geblüht.
Ich entsorge den Freund
er bringts nicht mehr.

Ich entsorge die Vergangenheit
den Schmuck, Reminiszenzen, Briefe
gegen Geld für die Urlaubskasse.

Ich entsorge in die Anonymität einer Chiffre:
Ismael von nebenan wird zum MOSLEM
die Bewohner Nordafrikas zu NAFRI
und sweetheart wird kurzerhand
in den EX entsorgt.
Ich entsorge, indem ich dämonisiere.

Es sickern schon Stimmen durch
die oberen Pflegestufen zu entsorgen
wegen des Pflegekräftemangels.
Auch sind wir gerade dabei
die Toten zu entsorgen.
Wer soll auch die Gräber pflegen
in einer mobilen Gesellschaft?

Entsorgen – ein Unwort
nicht mehr lang.
Shit – warum fallen mir jetzt
meine anderen Beispiele dazu nicht mehr ein?

Ich brings auch nicht mehr.

Horizonte

Ein Kind. In seiner kleinen Welt geborgen wie unter einer Käseglocke. Ganz hinten, wo der Himmel die Erde trifft, sieht es eine Kuh. Neugierig tappen seine Schritte bis dorthin. Und schnell wieder zurück. Denn jenseits der Kuh fängt eine Ungeborgenheit an.
Grüß dich, Kuh

Doch es geht weiter. Der Weg zum nächsten Horizont ist bestimmt vom Überleben. Generation Bund Deutscher Mädel BDM. Keine Tanzstunde. Kein Tuscheln unter Mädchen über Jungs, Mode oder Diäten. Keine mütterlichen Anweisungen zu den Künsten einer zukünftigen Hausfrau. Einfach nur: Überleben.

Flink wie Windhunde, zäh wie Leder, hart wie Kruppstahl

Dann hin zur Lebensbestimmung: Meine Familie. Mein Haus. Sein Konto. Frau sein heißt funktionieren. Motto: Eine Frau zeigt ihre Kraft in dem, was sie aushält. Leben für den Alltag. BEI MIR BISTE SCHEEN. Spielarten der Liebe. Ehrenämter.

Bis dass der Tod euch scheidet

Glasglocke Muttersein. Wehe dir, wenn du früher mit Puppen gespielt hast. Wenn dir dann ein Kind geboren wird – es ist nicht dein Geschöpf. Es ist nicht eine Puppe zum Anziehen und Kämmen. Es wird dir bald den Spinat ins Gesicht spucken. In der Pubertät den Stinkefinger zeigen. Es wird dich später arrogant am Computer unterweisen und dich spüren lassen, dass du ein Dummkopf bist. Und wenn ihr gedacht habt, dass es einmal den Laden seines Vaters übernimmt, wird es abhauen und lieber Trompete spielen. Und am Ende wird dir das Gefühl bleiben, dass du alles falsch gemacht hast. Und dennoch: Es wird wie eine Symbiose sein zwischen dir und dem Kind.

Loslassen

Die Horizonte weiten sich. Reisen. Länder wachsen heran. Ein Leben auf Bahnsteigen. Hierhin. Dorthin. Mit dem Roller, zu Fuß, mit dem Auto, dem Flieger unterwegs. Weithin – wo geht's zur Milchstraße, bitte schön? Neugierig. Staunend. Beim Ankommen fremd.

Die Welt ist mein

Dann: Das Schreiben. Ein paar Lesungen. Ein paar Bücher. Was soll's. Was davon wird wohl überleben? Kein Ehrgeiz. Nur der Antrieb: Ich habe euch was Schönes zu erzählen.

Ich schreibe, also bin ich

Die Horizonte werden gläserner. Die Käseglocke der Kindheit schützt nicht mehr. Die Sinne werden feiner. Sensibler. Aber auch unscharf. Der Leib irgendwie neu. Fremd.

Abend

Am Ende kein Horizont mehr. Auf allen Fluren waltet
der ICHBINDA. Wer ist wohl dieser
ICHBINDA?

Zeig uns dein Gesicht

Kein Schwein ruft mich an.

Hardys Montagsblues nach Stefan Raab

Eine Begegnung

Ausgestreckt auf der Liege. Den Blicken des Arztes preisgegeben: Ihre solide Unterwäsche, Besenreiser, Krampfadern. Stille im Labor. Sanfte Stille. Sie durchbricht sie nicht mit störenden Fragen, mit Jammern. Wohlwollen im Raum.

Ohne Schutz seines weißen Kittels ist auch er ihren Blicken ausgesetzt: Nachlässige Kleidung. An der rechten Hand ein breiter Goldring, wie er in den 70er Jahren in Mode war. Seine aufmerksame berührbare Männlichkeit. Wie er an der Diagnose arbeitet. Mit den Geräten hantiert. Ab und zu ein Räuspern, ein Laut der Überraschung. Stille im Labor. Ein kurzer prüfender Blick zu ihr hin, dann und wann. Wohlwollen. Beim Verabschieden die Augen, eine Weile. Das tut wohl.

Heimwärts. Sie ist ein bisschen verliebt. Doch da ist die Diagnose. Die lässt ihr keine Zeit, Liebesfäden zu spinnen. Keine Kraft mehr zum Toben der Hormone. Doch von der Begegnung im Schoß des Labors ist ihr eine Spur geblieben. So etwas wie Freude. Die könnte sie begleiten. Jetzt. Heimwärts. Tagelang. Lang.

Elie macht Gott den Prozess

Der Jude Elie Wiesel
um Haaresbreite dem KZ Buchenwald
entkommen
erzählte in seinem verbleibenden Leben
die alten Geschichten der Talmudlehrer
und Chassidim
immer wieder neu.
Auch die von einem ungerechten Gott.
Er zweifelt nicht an der Existenz Gottes
stellt aber seine Kraft und Güte infrage.

Als ein Gezeichneter berichtet er
wie die Chassidim in Auschwitz
zu einem Tribunal zusammentraten
um den zum Mord an seinen Kindern
schweigenden Schöpfer
nach rabbinischem Recht schuldig zu sprechen.

Solch ein mystischer Aufruhr
hat seine Tradition in der Bibel
wie etwa im Buch Hiob
den Wiesel zu Gott sagen lässt:
Wenn ich deine Ungerechtigkeiten anerkennen würde
machte ich mich da nicht zu deinem Komplizen?

Wiesel lehrt uns
Gott heute wieder neu zu erfahren
als einen, der auch Anklage zulässt
als einen Verwundbaren

Gottes menschliches Angesicht
macht ihn für uns zu einem Du
Welch ein Du

Ich weiß nur das Eine

dass ich alle Menschen

die eine Welle dieses Lebens an mein Herz trägt

lieben und schonen will

sosehr es nur ein Mensch vermag. Da-mit nur etwas, etwas

von dem Ungeheuren geschehe wozu dieses Herz mich treibt

Eine Notiz im Nachlass von Hardys Großvater.
»Irgendwie kitschig«, findet Hardy.
»Aber es klebt
und klebt wie Fliegenleim.«

Hühner wie du und ich

Es gibt sie in Käfighaltung, in Bodenhaltung. Und es gibt sie in Freilandhaltung: Dort sind die glücklichen Hühner zu finden mit ihren glücklichen Eiern. Ich habe sie aufgesucht, draußen bei einem Gasthaus zum Schützen ist ein weitläufiges Hühnergehege.

Hier sind die Hühner unter sich. Hähnchen werden frühzeitig geschreddert, einige von ihnen noch eine Weile für den Grillspieß gepäppelt. Nur einer darf bleiben, ein einziger, der Hahn. Fröhlich und pflichtbewusst.

Dorthin also bin ich gefahren und habe sie erlebt, diese Hühner, wie sie laufen und picken und gackern. Ich habe auch meinen Decoder mitgebracht, um dieses Gegacker in menschliche Ausdrucksweise zu übersetzen. Das hört sich nämlich bei jedem Huhn anders an. Da sind etwa die Stolzen, die Weltverbesserer, bei denen tönt es wie BRÜDER ZUR SONNE ZUR FREIHEIT. Oder die lebenslustigen, die fröhlich umhertrippeln mit IM FRÜHTAU ZU BERGE WIR ZIEHN FALLERA. Und bei denen, die gerade auf ihren Eiern sitzen und brüten, ist so etwas zu entschlüsseln wie JE NE REGRETTE RIEN. Abseits dann ein paar Romantiker mit dem Sound von YESTERDAY.

Glückliche Hühner. Ich habe eine Freundin, die hält vier davon in ihrem Vorgarten. Dazu noch einen Hahn. Ich habe sie gefragt, ob ihr klar wäre, welche Frustration sie ihm damit zumute: Bloß vier! Aber sie hat gesagt, dieser ihr Hahn habe eine hohe Ethik. Er beschütze seine Weiber den ganzen Tag, geleite sie morgens aus dem Hühnerstall hinaus ins Freie und abends fürsorglich wieder hinein. Mein Decoder meldete mir von ihm: CI PENSO IO. Das heißt so viel wie: Ich sag euch, wo's langgeht.

Meine Freundin sucht jetzt fassungslos nach einem, der ihr das Schlupfloch im Zaun repariert. Alle vier Hühner sind weg FALLERA.

Botschaft

Unterwegs. Durch die Gegend schlendern. Schließlich auf einer Bank sitzen. Neben mir eine junge Frau, die Beine übereinander geschlagen. In eine Illustrierte vertieft.

Da gerät es mir plötzlich in den Blick: Die Frau hat auf ihrem Bein ein Tattoo. Und was für eins! Immer wieder wage ich es hinzuschauen. Das muss ich Ihnen unbedingt zeigen! Weiß aber nicht, ob ich das überhaupt darf. Ob sich dieses Tattoo in einem rechtsfreien Raum befindet. Ja, ob es einen urheberrechtlichen Schutz für dieses Tattoo gibt. Ich riskiere es einfach. So sah es aus:

MEIN SCHIRM
SCHÜTZT NICHT MEHR.
DAS UNHEIL TROPFT JETZT
NACH INNEN

Merke:
Gucken Sie ruhig den Frauen unter die Röcke. Aber seien Sie darauf gefasst, dass dort eine Botschaft für Sie steht.

Bei mir da biste schön.

Gott zu Hardy Harding

Schwarze Pullover

Die Todeslinie, die unser Land seit gefühlten tausend Jahren gefangen hielt, hatte Risse bekommen. Unsere Klosterschule – eine von den progressiven – wo wir wachsam und hoffend die Zeitläufe überwintert hatten, nahm sogleich Witterung auf von einer neuen Welt um uns, von der wir zuvor keine Ahnung gehabt hatten. Wir, das waren Mädchen, die dank ihrer späten Geburt noch einigermaßen unversehrt über den Krieg gekommen waren und jetzt vor der Abschlussprüfung standen. Hungrig steckten wir unsere Nasen in den neuen Wind. Da brachten Kinos auf einmal so etwas wie absurdes Theater. Da druckten Rowohlts Rotationsmaschinen auf schlechtem Papier eine europäische Literatur mit Themen, die wir nie zuvor gewagt hatten zu denken. Von Schnapspriestern war da die Rede. Von Eiferern, die sich Prostituierten zuwandten. Von einer Erweiterung unserer Existenz ins Nichts oder in Sphären, die unsere Denkmuster weit überschritten. Von einem Frauenbild, das sich radikal seinen neuen Platz erkämpfte. Und einmal brachte das Radio einen Bericht aus Paris, wo dies alles aktuell und heiß diskutiert wurde von einer Jugend, die in schwarzen Pullovern die Straßencafés bevölkerte und sich »Existentialisten« nannte.

Dorthin, nach diesem Paris, wollte ich gehen, am besten gleich morgen. Auch ich würde mich in schwarze Klamotten schmeißen und mit ihnen an die Tische setzen: Ich neugierig auf sie, sie neugierig auf mich.

Sie aus der Résistance, ich aus dem Nazi-Ghetto. Ich würde mich mit ihnen im Studentenleben im Quartier Latin tummeln und kaffeetrinkend diskutieren. Über Albert Camus, zum Beispiel. Vielleicht würden wir Gespräche mit Jean-Paul Sartre haben, Kontakt mit Simone de Beauvoir. Wir, die neue Generation. Aber ich würde auch Ausschau halten nach dem RENOUVEAU CATHOLIQUE, der neue Wege suchte mit den Arbeiterpriestern, die Seite an Seite mit den Arbeitern am Fließband standen. Oder mit ihrer Frontfrau Madeleine Delbrêl, der Sozialarbeiterin in den Banlieues von Paris, die es mit ihrer kleinen, aber heftigen Revolution bis vor den Papst in Rom geschafft hatte.

Ich würde in meiner kleinen Studentenbude Bücher verschlingen, nach denen ich weiterhin ausgehungert war. Einen Georges Bernanos. Einen Léon Blois. Und »Die Kraft und die Herrlichkeit«, wovon mir der Autor entfallen war. Und über all diese Bücher würde ich mich austauschen mit den französischen Kommilitonen da draußen. Und vielleicht auch über meine Besuche bei denen, die nicht mehr in den Kathedralen feiern wollten, sondern in den Wohnstuben vor Ort. Und dann endlich würde ich zurückkehren und schreibend mitwirken an einer Zukunft da drüben, jenseits des Rheins.

Ich würde. Ich hätte. Die Möglichkeitsform. Welchen Stellenwert hat sie eigentlich auf der Waagschale unseres Lebens? Meine Möglichkeiten laufen unentwegt neben mir her. Der Konjunktiv erweitert mein reales Leben um das Mögliche, danke schön. Er schenkt mir eine kleine Träne über verpasstes Glück. Aber auch eine tiefe Wehmut über das, was meinen Lebensweg auf tragische oder gar schuldhafte Weise verhindert hat.

Collage mit Goethe

Der Dichter
geht früh am Morgen
und immer früher
hinaus
um Bilder, Gedanken zu erhaschen
ehe der Lärm des Tages anschwillt
ÜBER ALLEN GIPFELN IST RUH

In gestauter Hitze
tänzelt die Fliege
um den Bauch des Urlaubers
ein Klatsch ein Wisch
kein Laut
nichts

IN ALLEN WIPFEL SPÜREST DU
KAUM EINEN HAUCH

Die lederne Haut
des späten Mädchens Rosemarie
diskret in der Sonne ausgelegt
nur über schützendem Tuch
wippt noch ein nackter Fuß
doch ringsum
nichts als der geile Blick
der Tugendwächter
DIE VÖGELEIN SCHWEIGEN IM WALDE

Nur der Ablauf der Jahreszeiten
treibt den lebenssatten Alten
noch vor sich hin
immer wieder und noch einmal
in den März gestolpert
immer wieder und noch einmal
sich in einer Zwiebel
der Wintererde anvertraut
   WARTE NUR BALDE RUHEST DU AUCH

An der Lust, die Dir zusteht,
geh nicht vorbei,

findet Hardy im Alten Testament bei Jesus Sirach 14, 14

Gefährten

So ist das mit den Gefährten unseres Lebens. Die einen bleiben für immer. Andere für eine gute Weile. Und dann gibt es auch solche, die einfach nur zur Freude da sind, kurz oder lang.

Fidelio war unsere Katze. Oder ein Kater. Anfangs wussten wir das noch nicht so genau. Erst die Stimme, die beherrschende, Besitz ergreifende, und natürlich das wachsende Geschlecht ließ uns den Kater erkennen. Dorle brachte ihn als kleines Wollbündel zu mir am ersten Tag, als ich in meinen neuen Beruf einstieg.

Der kleine Kater wuchs bei uns heran. Wir hatten ein Haus. Einen Garten, Nachbarn. Dies war sein Revier, und das hat er auch verteidigt. Mit seiner Duftmarke im Haus (obwohl es doch dort gar keine Rivalen gab), und außerhalb gegen andere Kater. So auch gegen den Nachbarhund, den reizte er bis zur Weißglut und flüchtete dann auf den nächsten Baum, wohin der Schäferhund natürlich nicht nachkam. Bis er dann alt und langsam wurde, der Kater. Der Hund noch nicht.

Philipp nahm Fidelio gerne im Auto mit. Dann drapierte er ihn auf seinen Schultern, und die kleinen Mädchen riefen entzückt: »Ein Künstler, oh ein Künstler.« Einmal spielte Fidelio sogar Klavier. Das kam so: Eines Morgens rief uns Frau Ruf, eine entferntere Nachbarin an, um uns zu sagen, dass es bei ihr Gespenster gäbe, die nachts Klavier spielten. Aber das war natürlich bloß unser Kater. Sie hatte vergessen den Klavierdeckel zu schließen, und da war unser Süßer durchs angelehnte Fenster geschlüpft und auf den Tasten spazieren gegangen. Apropos Süßer. Es gab eine Zeit, da schlich er morgens zu uns hin und roch nach Parfüm. Eine andere, einsame Nachbarin, nahm ihn wohl gerne mal mit ins Bett.

Mich mochte Fidelio gern. Die Liebe geht eben durch den Magen, und dafür war ich zuständig. Als Dank brachte er mir dafür Mäuse mit, die angebissenen, kampfunfähigen. Mit ihnen bot er mir dann stolz seine Spielchen dar. In die Kirche ging er auch einmal hinter uns her, bis vor den Altar. Alle grinsten amüsiert, auch der Pfarrer. Bis die Orgel gewaltig einsetzte. Das war ihm dann doch zu laut.

Katzenklo. Da war Fidelio brav, solange er im Haus war. Und nach gemachtem Tun scharrte er alles wieder zu. Selbst noch am letzten Tag seines Lebens. Gevatter Tod hatte sich rechtzeitig bei ihm angemeldet, und unser Kater verstand ihn sehr wohl. Bloß wir nicht. Wir verstanden nicht, warum er plötzlich so viel Wärme suchte, draußen auf den noch warmen Motorhauben und schließlich auf Philipps Schoß. Adieu, Fidelio.

Ein Gefährte in unserem Leben, eine fröhliche Weile lang. Danke.

Kernspintomographie

in die Röhre geschoben
beruhigt mit Tavor
wegen Platzangst
Augen zu wegen Sarggefühl
Ohrenschützer auf
es kann laut werden
heißt es
Alarmknopf in die Hand
als Notsignal

keine Unterbrechung
der radiologischen Untersuchung
gewünscht

es geht los
dem tavorgeschützten Gehirn
hat man Musik zugedacht
Musik
doch was da kommt
ist ein Krachen Gefiepe Getöse
sicher kein Mozart
eher Donaueschinger Musiktage

aus der Röhre geschoben
noch einmal überlebt
wohlwollendes Nicken des Personals
CD in die Hand gedrückt
mit Untersuchungsergebnis
für den Hausarzt
Taxi
Schnupfen

Zikaden

Ich liege hier
unter der Sonne des Südens
umbrandet von einem Ton
einem gewaltigen Ton
eher einem Geschrei
ohrenbetäubend
unmenschlich
dämonisch

Zikaden

Ein jahrtausendealter Mythos
berichtet von Menschen
die aufhörten zu essen
zu trinken zu lieben
nur
um immerfort singen zu können
und wie sie sangen
wurden sie dünner
und kleiner
wurden zu Zikaden
und nun singen sie immerfort
immerfort
immerfort

Ich liege hier
unter der Sonne des Südens
hineingenommen in den Schrei der Zikaden
in den Schrei einer Schöpfung
nach Erlösung

Gott

Wir deine Verstecke

Kurt Marti; Aus Hardys Mottenkiste

Ermordung einer Fliege

Die Sache ist die
sagte der Mann in seine Tischrunde hinein
und versuchte dabei
einen bestimmten Gedanken in Worte zu fassen.
Dabei fuhr seine Linke
unruhig auf dem Tisch
hin und her
bis sie ein Weinglas zu fassen kriegte
das stülpte er gedankenverloren
über eine Fliege
die da hockte.

Die Sache ist die
auf der Suche, wie diese Sache nun sei
schob seine Hand
das Glas dann
fahrig kreuz und quer auf dem Tisch herum.
Und die Fliege darin
hastete hinterher.
Fast entschlüpfte ihm schon der Gedanke
derweil die Fliege schließlich
um ihr Leben rannte.

Dem Mann standen Schweißperlen auf der Stirn
doch der Gedanke stellte sich einfach nicht ein.
Das Interesse der Runde ließ jetzt auch nach
Seitengespräche kamen auf.
In verzweifelt letztem Anlauf
schob der Mann jetzt ruckartig

das Glas quer über den Tisch
samt dem Leib der Fliege.

Die Sache ist die
fing er noch einmal an
aber da hörte ihm schon
keiner mehr zu.

nachts

da ist einer der geht um 21 Uhr ins Bett und steht
morgens um 5 Uhr wieder auf er sagt er sei eine
Lerche
ein anderer erwacht schon unruhig ehe überhaupt
der Wecker klingelt
zwei die haben ein Bett gemeinsam weil der eine
nachts arbeitet und der andere tags
es gibt auch den Verein der Zeitversetzten die tags
schlafen und nachts arbeiten der heißt DELTA- T und
die Jobcentren vermitteln diese Nachtaktiven gerne
entsprechend
und da gibt es auch noch die Pausenschläfer die
dann schlafen wenn es sich gerade ergibt das sind die
Soldaten die Babymütter oder die Prostituierten
es gibt auch die Bereitschaftsschläfer die mit dem
Handy griffbereit Ärzte Feuerwehr pflichtbewusste
Angestellte ja und die wegen eines Defekts überhaupt
nicht mehr schlafen können und die dennoch
weiterleben wer weiß schon wie
und man hört von einem der ging um Mitternacht
ins Bett mit einem Goldenen Schuss und wachte gar
nicht mehr auf

UND LASS UNS RUHIG SCHLAFEN
bittet Matthias Claudius im Angesicht des Mondes
UND UNSERN KRANKEN NACHBARN AUCH

bitten wir
ich und du
im Angesicht der Welt

Der Whisky. Der Liebe Gott

Hardy

Ein Haus für Alte

Da war mal eine Wiese. Dann baute die Stadt dort ein Haus. Für Senioren, wie man die Alten längst nennt. Als nämlich diese Alten immer mehr wurden, und die Jungen sie immer weniger betreuen konnten, wurde das Problem akut. Haus? Es wurde ein ganzer Gebäudekomplex. Gedacht für Sozialhilfeempfänger, sowie natürlich für die, die es bezahlen konnten. Mit einem neuen, zeitgemäßen Konzept. Jeder, jede sollte in seiner kleinen Wohnung selbstbestimmt wohnen können, solange es geht. Flankiert durch entsprechende Service-Stationen. Auch war dies als Generationen-Haus gedacht, Junge mit Alten zusammen. Die Omas könnten dann Kinder der Jungen betreuen und hätten damit noch eine erfüllende Aufgabe. So entstünde Verständnis und Akzeptanz hin und her. Doch dies erwies sich als Illusion.

Nach Fertigstellung fanden sich genügend Ehrenamtliche zur Betreuung der Bewohner. Meist Frauen, die ihre Kinder gerade aus dem Haus hatten. Diese freuten sich darauf, den alten Menschen vorzulesen oder ihren Lebensgeschichten zuzuhören. Sie in ihrem Rollstuhl hinauszuschieben in die Natur. Freuten sich darauf, mit ihnen alte Schlager zu singen. Zu Gräbern begleiten. Behördengänge abnehmen. Doch damit saßen sie einem gängigen Klischee auf. Denn sie erfuhren, dass diese alten Menschen gar nicht so waren. Jedenfalls nicht immer. Und nicht jeder von ihnen. Nicht abgeschoben in dieses bequeme Klischee. Jede wieder anders. Jeder ein Unikat.

Und da ist heute eine, die schaut dem zu.

Wow, sagt die eine Frau zu der anderen, der Hübschen, am Morgen dort bei den Briefkästen. Ein neues Kleid? Schick, gell? Billig. Ich habe immer nur ein paarmal Freude daran, sagt die Hübsche. Dann kommt es in die Spende und es gibt ein neues Kleid. Mein Beitrag gegen den Hunger der Welt. – Es gibt auch ein paar Männer in der Anlage, aber die sind nicht Hahn im Korb. Die meisten Frauen hatten gerade erst ihre eigenen alten Männer verabschiedet. Jetzt gucken sie lieber nach den jüngeren, den Knackärschen. Träumen davon. Oder auch das schon längst nicht mehr.

Eine, die schaut zu.

Eine andere Frau, die schützt ihre vier Wände wie eine Festung. Verteidigt sie gegen Straßenlärm. Gegen Kinder-Lachen. Gegen Katzen. Gegen Hausstaub. – Die Wohnungen der Anlage liegen genormt wie Waben nebeneinander, übereinander. Doch innerhalb jeder Wohnung wandert die Zeit. Die Verweildauer dort ist nämlich oft nicht lang. So entsteht eine Kette von Menschen, die sich nie kennenlernten: Die Vorgänger, die Erstbewohner. Sie alle bleiben unsichtbar gegenwärtig. Schauder. Kürzlich verstarb eine Hundertjährige. Jeder hatte ihr verschwiegen, dass ihr Vorgänger sich erschossen hatte. Sonst wäre sie vielleicht nicht hundert geworden.

Eine schaut zu.

Eine alte Frau, die trinkt gern ein Schlückchen. Die Flaschen sammeln sich dann auf dem Balkon, eine Enkelin räumt sie am Wochenende weg. – Und da ist eine andere, die ist Raucherin. Bloß raucht sie nie in der Wohnung, weil das stinkt, sondern lieber auf dem Balkon. Raucht dort und guckt umher. Aufmerksam für alles, was da los ist oder auch nicht. Welchen Besuch die von gegenüber haben. Die Kleider. Der Gang. Sie grüßt, kommentiert. – Und da ist auch einer, der hat Schlafprobleme. Dann liegt er eben wach und betet für Mozart und gegen die Not der Welt.

Eine schaut zu.

Es gibt auch eine, die möchte jetzt gerne ihr Studium zu Ende bringen. Damals war ein Kind unterwegs. Am liebsten wäre ihr ein Doktorhut. Aber sie hat Angst, dass sie dann von ihren Nachbarn als »was Besseres« angeschaut würde, als ein Fremdkörper. – Und eine, die hat gerade eine Annonce in der Zeitung gefunden. Dort steht etwas vom Wunsch nach gegenseitiger Akzeptanz. Von Versprechen der Behutsamkeit. Von Freude auf Gespräche. Da läuten bei ihr gleich die Hochzeitsglocken. Doch dann denkt sie: Lieber nicht. Nicht noch einmal dieses Wagnis von »ich und du«.

So viel für heute, sagt sich die aufmerksame Zuschauerin und schreibt das erst mal auf. Bis morgen.

Wer sich einsetzt, setzt sich aus.

Hardy in seiner Antrittsrede
als jüngster Stadtrat vor Ort

Hymne auf eine Orchidee

Du da
Schwester vom Rande der Wüste
Blüten wie Porzellan
Oh Du Vielauge
Meisterin der Genügsamkeit
Wunder der Schöpfung
Du Augenstern
Du immerwährendes Neuwerden
Seelenschmaus
Ach du süßer Tränenbaum
Botin aus dem Kosmos
Sternschnuppe
Du Cherub der Toten
Unterpfand der Liebenden
laudato si

sponsered by www. weleda-fake.de

Korbinian

Er sei eine missglückte Abtreibung, prahlte er vor uns nach ein paar Bier. Und tatsächlich – er war wohl von vornherein zu kräftig und zu schlau, um sich abtreiben zu lassen.

Nun ja. In dem Leben, das ihn erwartete, war er offensichtlich überflüssig. Nicht mal ein Name war für ihn vorgesehen. Man fand schließlich einen im Heiligenkalender, Heiliger des Tages: Korbinian.

Kaum flügge wurde das Kind zu einer ältlichen Verwandten aufs Land gegeben. Die konnte ihn als Knechtle gebrauchen, und er erreichte den untersten sozialen Status als Hütebub.

Doch insgeheim hatte die Tante Großes mit ihm vor. Priester sollte er werden. Und sie glaubte auch, um ihn herum (und ein bisschen auch um sich selbst) so etwas wie einen Heiligenschein wahrzunehmen. Eine Berufung. Die nährte sie fleißig. Dem kleinen Korbinian tat das irgendwie gut. Da war er doch wer. Später dann geschah es, dass er sich eines Nachts als Priester träumte, der in prachtvollen klerikalen Gewändern in den Altarraum hineinschritt. Das Kirchenschiff voller Leute. Und alle klatschten. Das mit der Berufung war dann wohl nicht echt.

Aber eine Identität hatte er dann auch nicht mehr. Die mit der Berufung hatte ihm allerdings auch keine Freunde gebracht. Der Ruch davon klebte einfach an ihm wie Fliegenleim. Da draußen, da hieß es: »Rübe runter!« Wenn einer seinen Kopf über die anderen hinausstreckte, wurde er angefeindet, ausgespuckt. So fand er sich dann schließlich zwischen allen Stühlen. Pendelte zwischen Minderwertigkeitskomplexen und Hochstapelei.

Die Spielregeln der Gesellschaft durchschaute er auch nicht, niemand hatte sie ihn gelehrt. Und ein rettender Instinkt fehlte ihm. So fiel er auf durch Distanzlosigkeit. Er duzte jedermann, warf mit Kosenamen um sich. Besuchte die Leute unangemeldet und zur Unzeit. Er kannte selbstredend jeden, aber keiner kannte ihn.

Und wie wars mit der Liebe? Da er nie welche erfahren hatte, kannte er sie auch nicht. Nicht bei Freunden, schon gar nicht bei Frauen. Dachte, der Handkuss brings. Das Schnackseln. Aber das allein wars dann auch nicht. Er landete in Selbsterfahrungsgruppen. Fand aber schnell heraus, dass Männer ihre Selbstverwirklichung einfacher durch die Wahl einer Partnerin finden.

Er zog sich zurück. Auf ein paar künstlerische Begabungen. Die waren gar nicht so schlecht. Er malte. Er dichtete. Für sich allein. Und er traute sich damit auch hin und wieder an die Öffentlichkeit. Aber die vermisste in seinen Versuchen eine Vision. Eine neuschöpferische Kraft.

Und tatsächlich: Er blieb am liebsten im Ungefähren, im Assoziativen. Überließ die Deutung lieber den Rezipienten.

Doch dann, eines Tages, fand ihn das Saxophon. Und damit eine Band. Ein neuer Name. CORBY las ich auf den Plakaten in unserer Stadt. Da ist wohl einer angekommen, dachte ich mir.

Mir hat das Leben nichts gegeben,
aber ich dem Leben auch nichts.

von Hardy im TV bei Mathias Richling aufgeschnappt

Bettler

Der dort am Rand der Straße.
Sie sagen
sein Bein sei nur hochgebunden
der Erbärmlichkeit wegen.
Auf einem Pappschild
neben dem Jogurtbecher
steht: Hunger.
Aber das Butterbrot will er nicht
lieber Geld.
Berliner sagen:
Die haben alle
eine Villa im Grunewald.

Ein Anderer
vermummt schlafend.
Ein paar Frauen
haben ihm gut gemeint
Wollsachen zu Füßen gelegt.
Barmherzigkeit?
Einer
– so erzählt man sich –
hat ihn aus seinem Elend geweckt
und ihm eine Rose geschenkt.
Da war er für eine Weile satt.

Da sind noch die Straßenmusikanten.
Keine Bettler, oh nein.
Einer von ihnen
sagt man

sei auf dem Sprung
nach ganz oben.

Dann noch
ich hier.
Versteckt im Allerweltskostüm.
Und dennoch
ein armer Bettler wie sie.
Ob auch mir jemand
eine Rose schenkt?

Blumen für die Schöne Lau

Laut singend fuhren wir in den frühen Morgen hinein. Es war im Jahre 1988. Wir: Das war mein Mann am Steuer, unser Sohn Gabriel mit seiner damaligen Freundin, dazu ich. Richtung Schwäbische Alb. Dort, in Blaubeuren, sollte ich an diesem Tag einen Preis empfangen, ausgerichtet von der Europäischen Märchengesellschaft. Ich hatte einen Aufsatz veröffentlicht zum Thema »Das Wunder im Märchen«, und der hatte Gefallen gefunden.

Im alten Benediktinerkloster von Blaubeuren erwartete uns eine illustre Gesellschaft: Otfried Preußler, der große Entmythologisierer von Sagengestalten, war eigens gekommen. Dazu Ottilie Dinges, derzeit Präsidentin der Europäischen Märchengesellschaft, und Sigrid Früh, die begnadete Märchensammlerin. Es gab auch noch eine Trägerin des zweiten Preises, eine routinierte Journalistin, die das ganze Treiben schon gewohnt war. Ich wurde vorgestellt, war ziemlich aufgeregt und hielt meine Dankesrede. Ach ja, und verliebt war ich auch, damals. Du hattest mir Blumen geschickt.

Ein Interview mit der lokalen Presse wurde durch meinen Mann verhindert. Denn kaum war das Mikrofon im Anschlag, da zupfte er mich am Ärmel: Er müsse mir hier unbedingt den spätgotischen Hochaltar von 1493 zeigen. Damals ließ ich mich davon noch irritieren.

Daheim hatte mich im Vorfeld schon die Presse zum Gratulieren angerufen. Aber eigentlich wollten sie nur die Höhe des Preisgeldes wissen. Den sagte ich ihnen natürlich nicht, schlau, wie ich mich fühlte, wusste ich doch von den Lotto-Millionären, die sich dann vor armen Freunden nicht mehr retten konnten. Doch diese Sorge erwies sich als völlig unangemessen. Das Geld reichte mir gerade für die Herausgabe eines neuen Lyrikbändchens.

Blaubeuren. Blau. Hier herrscht Blau vor. Das Flüsschen Blau hat dieser Gegend ihren Namen gegeben. Dem Blautal. Ja, vor allem aber dem Blautopf, einer nahegelegenen Karstquelle, scheinbar bodenlos mit ihren unterirdischen Höhlenverzweigungen. Blau auch das Wasser darin. Wegen seiner Tiefe, aber auch wegen eines – selbst für die Forschung noch ungewöhnlichen – Lichteinfalls.

Eduard Mörike, der schwäbische Pastor und Poet des Biedermeier, der gerade die Blaue Blume der Romantik überwunden hatte, mochte das viele Blau seiner Heimat satthaben, und wandte sich mit einer bis heute berühmten Novelle lieber einer Sagengestalt dieser blauen Allgegenwärtigkeit zu: Der Schönen Lau. Lau. Zum Glück ohne B. Einer Wassernixe, die seit Menschengedenken im Blautopf wohnt, und die wie ihre schönen Schwestern überall als Hüterin des Wassers, ja als seine Seele geglaubt wird.

An diesem wunderbaren Tag fühlte ich mich selber als die Schöne Lau, vom Morgen bis zum Abend. Aber wie es nun einmal mit wunderbaren Tagen so ist: Das wars dann auch. Mein Märchenpreis stellte sich am Ende heraus als eine Stiftung der Europäischen Märchengesellschaft und nicht – wie ich blauäugig dachte – als ihre große europäische Auszeichnung. Was mir Ottilie Dinges fortan als Hochstapelei ankreidete. Dennoch ging dieser Tag in die Glücksmomente meines Lebens ein. Denn mein prämierter Text über das Wunder im Märchen ist kein Einzelfall geblieben. Ich schreibe immer noch weiter. Und manchmal kriege ich auch noch Blumen dafür.

Fuffi

Endlich Montag. Sowas wie Zahltag. Wie schön, denkt die Rentnerin. Heute ist wieder ein Fuffi dran. Fuffziger. Muss reichen für die Woche.

Macht sich auf den Weg zur Bank. Heute ein bisschen schusselig. Geht daher vorsichtig mit dem Geldautomaten um. PIN-Nummer erinnern. PIN-Nummer tippen. Dabei Hand drüber halten zum Schutz vor fremden Blicken. Gut so. Und da wird er auch schon ausgespuckt, der Fuffi für diese Woche. Einpacken. Raus. Heim. Am Zebrastreifen ist die Ampel gerade rot. Dann grün. Auf den ersten Schritten spricht ein Mann sie an. Sympathisch. Gut aussehend. Ob sie ihm Geld wechseln könne, fragt er. Bitte. Klar, man ist gutmütig heute. Also Geldbeutel raus. Kramen. Stress: Wie lange noch grün? Er hilft ihr kramen. Danke. Und schon wieder rot.

Gönnt sich drüben eine Brezel. Zahlt. Doch der Fuffi ist weg. Der Mann auch. Futsch.

Ashes to go

es geschah
in einem kaum vergangenen Jahr
an einem Aschermittwoch
als gerade den Frommen vor dem Altar
das Aschenkreuz auf die Stirn gezeichnet wurde
BEDENKE MENSCH DASS DU STAUB BIST

da springt das Aschenkreuz
hinaus durch die Kirchentür
unter die Leute
aller Sprachen
in die Straßenbahnen
die Schulen
die Hospize
in die Betten der Liebenden
ASHES TO GO

das Aschenkreuz
springt in die Zeitungsredaktionen
die Arztpraxen
und zu den Narren
die gerade heulend
ihre leeren Geldbeutel auswaschen
ASHES TO GO

und einer sieht den anderen an
mit dem Aschenkreuz auf der Stirn
staunend
Du auch?

BEDENKE MENSCH DASS DU STAUB BIST

Wann haben Sie zuletzt gesegnet?

Hardy geriet in die Sonntagspredigt von Pater Markus

Ars amandi

Es war in den fünfziger Jahren des letzten Jahrhunderts, als ein älterer Herr in Paris ein blutjunges Mädchen aus Deutschland ansprach, ob sie mitgehen wolle. Er sei zwar schon in den Jahren, aber er könne sie die Kunst der Liebe lehren.

Ars amandi. Solche ältere Herren tauchen in der Zeitgeschichte landauf, landab immer wieder auf. Die Kunst der Liebe scheint erlernbar zu sein wie das Malen oder das Bogenschießen. Wie jedes gute Handwerk. Und immer wieder finden sich Lehrmeister dafür. Solche aus Berufung. Solche, denen das Genugtuung verschafft. Ob das Mädchen damals in Paris mitgegangen ist? Aber es sind ja nicht nur die Blutjungen, die Neugierigen, die das lernen wollen. Viele ehrbare Frauen aller Altersstufen scheinen die Kunst der Liebe trotz allerlei Anläufen nie erfahren zu haben.

So erschien kürzlich in einer Tageszeitung unter der Rubrik »Er sucht Sie« die Annonce eines solchen Herren. Er stellte sich darin vor als ein Mann in den besten Jahren über achtzig. Als wohlhabend, gebildet, erfahren. Eben als Gentleman. Und auch als behutsam – damit war die Katze aus dem Sack. Es meldeten sich zwanzig Frauen.

Das war für ihn nun eine größere Herausforderung als die damals für den Herren in Paris. Zwanzig Frauen! – die müssen gemanagt sein. Zumal er sie eigentlich alle zwanzig wollte. Jede Einzelne, jede zu ihrer Zeit. Das erfordert eine gute Logistik. Aber so gehört das nun mal zum Spiel.

Er lud sie ein zum Reisen. Zeitlich präzise aneinander vorbei. Jede woandershin. Wie er sie dort das Lieben lehrte, sei in den Mantel der Diskretion gehüllt. Tut auch nichts zur Sache. Die Frauen jedenfalls schien das glücklich zu machen, jede auf ihre Art. Und ihn auch. Eine Schule der Liebe. Ars armandi. Für alle Beteiligten ein Gewinn.

Nur eine von ihnen durchbrach das Spiel. Sie wurde dabei nämlich zum Opfer von Amor, dem Uralten, dem Spielverderber. Sein Pfeil traf sie unvermittelt. Mitten ins Herz. Da war das Spiel vorbei. Da half auch keine Kunst mehr. Da wars ernst.

Wehe ihr.

Ja, dachte es in Hardy: Das gibt es wirklich. Ein unlebbares Leben.

Wir leben in zerbrechlichen Gefäßen

Ein schiefes Gesicht. Die Nase irgendwo rechts. Arme, Beine, wo sie nicht hingehören. Eine solche Puppe hat mir Elsje gestrickt. Elsje ist ziemlich alt und nimmt die Welt inzwischen anders wahr als wir. Vielleicht ist sie dement. Womöglich ist sie weise.

Eigentlich sind Puppen ja der Inbegriff von Schönheit, von Harmonie. Wir kleinen Mädchen zogen sie gerne hübsch an, wiegten sie wie Babys, übten uns an ihnen in Mütterlichkeit. Ja, später dekorierten noch viele von uns mit ihnen ihre Wohnung: Garanten einer heilen Welt. Doch irgendwann warf das Leben dann Schatten auf diese heile Welt, und die Puppen verloren ihr trügerisch schönes Gesicht. Und ich wurde Mutter eines kleinen Jungen, der keine Haare hatte. Der ein Nachtschreier war. Ein Kotzer. Ein Scheißer. Aber ich hatte ihn trotzdem lieb, oder vielleicht gerade deshalb. Paulus schrieb in 2. Korinth. 4,7: Wir tragen Gott in zerbrechlichen Gefäßen.

Der Schweizer Märchenforscher Max Lüthi stellt fest, dass der Mensch eigentlich ein Mängelwesen sei. Und tatsächlich: Auch als Blinden, als Verstoßenen, als entlassenen Soldaten lässt das Märchen ihn zum Helden werden, ja es lässt ihn am Ende gar die Prinzessin gewinnen. Und tröstet damit seit Jahrhunderten seine Zuhörer.

Ich mache die Augen auf und sehe Mängelwesen. Sehe all die an Leib und Seele Verunstalteten. Da laufen sie rum, die gleich morgens schon ihren Whisky brauchen aus Angst vor der Fratze des Tages. Da liegen die Obdachlosen in den Hauseingängen, die ein Hundeleben dort einer Katastrophe in den eigenen Wänden vorziehen. Und Pardon, ich sehe mich selbst. Alle in zerbrechlichen Gefäßen.

Aber dann finde ich mich auch mitten unter jungen Leuten wieder, die sich munter in der Hässlichkeit eingerichtet haben. Mit ihren modisch kaputten Jeans, Basecap falsch herum. Mit kunstvoll verstrubbelten Haaren. – Vielleicht ist Elsje doch eher weise.

Fische im Hochzeitsbett

Wir haben es nie gemocht, das Märchen »Von einem, der auszog, das Fürchten zu lernen«. Was sollten am Ende eigentlich die Fische im Bett? Höhepunkt des Gruselns?

Ich war dabei, als meine Freundin Verena dieses Märchen in der Kita erzählte. Da war auf einmal nicht mehr das Gruseln im Vordergrund, da vermittelte Verena ihren kleinen Hörern einen ganz anderen Sinn. Etwa so: »Dann kuschelten sie und bekamen viele Kinder.« Das leuchtete den Kleinen ein: Was sonst macht der junge Mann mit der Königstochter im Bett? Kuscheln. Sicher nicht gruseln. Und doch deutet sich hier mit den Fischen im Bett ein Geheimnis an. Das Geheimnis der Sexualität. Das Schaudern darüber. Das spürten die Kinder sehr wohl.

Jetzt sieht unser Märchen auf einmal ganz anders aus: Ein Junge macht sich auf in den Reifeprozess des Mannwerdens, der Initiation. Das bedeutet Prüfungen, wie auch immer, das bedeutet Härteproben, Neugier und Ängste bestehen. Das Märchen zeigt dies symbolisch als Stufen des Gruselns. Aber dann kommt die letzte, die entscheidende Prüfung: Er muss beziehungsfähig werden, geschlechtsfähig, wie auch immer – im Hochzeitsbett. Erst dann kann aus dem Jungen der junge König werden.

Das Volksmärchen zeigt hier wieder einmal seine besondere Kraft in der Symbolik. Im Bild des Gruselns.

Dabei hält es aber auch eine Helferin bereit: die Magd. Die steht für die weise Frau, wie sie das Märchen so oft in Krisensituationen herbeizaubert. Hier ist sie es, welche die Fische ins Hochzeitsbett schüttet. Das Gruseln wird zur Metapher. Nun erst kann Hochzeit sein.

Ich werde heute, nur für heute, keine Angst haben.

Von Hardy aufgeschnappt bei Papst Johannes XXIII.

neue Erde

gebeutelt von Seuchen
Naturkatastrophen und
apokalyptischen Szenarien
bäumt sich die alte Erde
noch einmal auf
sie ist erschöpft von ihrer
Wanderschaft durch die Zeiten
und den Menschen darin
ihre Signale unüberhörbar

doch die Kinder dieser Erde
stört dieser Hilferuf nicht
sie spotten seiner und fahren fort
auf der Erde herumzutrampeln
tanzend zum Refrain
DIE GUTE ALTE ERDE
SIE WIRD JA NOCH GEBRAUCHT

aber da sind die Toten
die solche Agonie der Erde
nicht mehr erleben

gesät in den mütterlichen Urschoß
der Erde warten sie
warten

mit neuen Augen
auf eine neue Erde